绿林女儿罗妮娅 ①

电闪雷鸣中的孩子

［瑞典］阿丝特莉德·林格伦 著　　李之义 译

中国少年儿童新闻出版总社
中国少年儿童出版社
北　京

人物简介

马堤斯

绿林首领，祖祖辈辈都以打劫为生。身强力壮，表面上脾气暴躁，鲁莽自大，实际是个性情中人，非常宠爱罗妮娅。

罗妮娅

马堤斯的女儿，出生在一个电闪雷鸣之夜。性格活泼，纯真善良，热爱大自然。

洛维丝

罗妮娅的妈妈。温柔体贴，善解人意，打理马堤斯城堡中的大大小小事务。

斯卡洛·帕尔

马堤斯绿林兄弟中最老的一员，说话幽默刁钻，关键时刻很靠谱。

波尔卡

绿林首领，马堤斯的宿敌，性格与马堤斯相似。由于官兵搜捕，不得已带领妻儿与绿林兄弟从波尔卡森林搬到马堤斯森林。

毕尔克

波尔卡的儿子，和罗妮娅在同一个风雨交加的夜晚出生。机智勇敢，动手能力强，充满冒险精神。

温迪斯

毕尔克的妈妈，耿直善良，操持波尔卡山寨的各种事务。

著作权合同登记　图字：01-2023-2107

原版书名：Ronja Rövardotter, Åskvädersbarn
© Text: Astrid Lindgren / The Astrid Lindgren Company / 2016/2017
© Illustrations: NHK　NEP　Dwango, licensed by The Astrid Lindgren Company
First published in 2016/2017 by Rabén & Sjögren, Sweden.
For more information about Astrid Lindgren, see www.astridlindgren.com.
All foreign rights are handled by The Astrid Lindgren Company, Stockholm,Sweden.
For more information, please contact info@astridlindgren.se

图书在版编目（CIP）数据

绿林女儿罗妮娅.1,电闪雷鸣中的孩子/（瑞典）阿丝特莉德著；李之义译.--北京：中国少年儿童出版社,2023.6
　ISBN 978-7-5148-8001-4

　Ⅰ.①绿… Ⅱ.①阿… ②李… Ⅲ.①儿童小说–长篇小说–瑞典–现代 Ⅳ.① I532.84

中国国家版本馆 CIP 数据核字(2023)第 066169 号

DIANSHANLEIMING ZHONG DE HAIZI
（绿林女儿罗妮娅）

出版发行：中国少年儿童新闻出版总社
　　　　　中国少年儿童出版社

出 版 人：孙　柱
执行出版人：马兴民

责任编辑：张翼翀		责任校对：刘文芳
装帧设计：杨晓霞		责任印务：厉　静
版权引进：仲剑彀		

社　　址：北京市朝阳区建国门外大街丙 12 号　　邮政编码：100022
总 编 室：010-57526070　　　　　　　　　　　　发 行 部：010-57526568
编 辑 部：010-57526321　　　　　　　　　　　　官方网址：www.ccppg.cn

印　　刷：北京利丰雅高长城印刷有限公司

开　本：720mm×1000mm　　1/16　　　　　　　印张：6.5
版　次：2023 年 7 月第 1 版　　　　　　　　　印次：2023 年 7 月北京第 1 次印刷
字　数：130 千字　　　　　　　　　　　　　　印数：1-5000 册
ISBN 978-7-5148-8001-4　　　　　　　　　　　定价：32.00 元

图书出版质量投诉电话 010-57526069，电子邮箱：cbzlts@ccppg.com.cn

第一章
电闪雷鸣中的孩子

嗒嗒嗒嗒!

嗒嗒嗒嗒!

嗒嗒嗒嗒!

嗒嗒嗒嗒!

嗒嗒嗒嗒!
嗒嗒嗒嗒!
什么声音?
管他什么声音。
怎么回事?
救命呀……
你们好哇!
先生们，对你们来讲，今天不是个好日子，哈哈哈!
把贵重的东西都放下，然后滚蛋!
如果你们想活命的话，哈哈哈!
让我们留一点儿吧!
少废话!

快，快！

那边也有强盗过来了！

啊，怎么还有？！

饶了我吧！

波尔卡，你这个坏蛋！这里是我们的势力范围！

退回到你自己的森林！

他们是为了争抢我们的东西？

好像是的。

我们已经盯着这辆车好久了！

> 你休想动这些东西!

> 我永远不会让你得到这些珍宝!

> 老狐狸!

> 恶棍!

> 怎么回事……

> 马堤斯!马堤斯!

> 你马上回来,快!

> 我现在有要紧事。下回再收拾你!

洛维丝!

我是马堤斯,快开门!

洛维丝……洛维丝!

洛维丝!

呼哧……呼哧!

我们的孩子出生啦?

还没有,亲爱的马堤斯。

呼哧……呼哧……

孩子自己选择出生的时间。我唯一能做的就是等待。

当天晚上。

哈哈哈哈!

快把那些人面鹰身女妖赶跑,让这里静一静……

不然孩子都听不清我唱的歌。

"快滚开,人面鹰身女妖!"

"我今天夜里就要有孩子啦,你们懂吗?女妖!"

"哈哈,绿林首领今天夜里要有孩子了,一个电闪雷鸣中的孩子!"

"我保证她是一个又小又丑的孩子,哈哈!"

"我的孩子不会又小又丑!"

"你听清了吗!"

♪狼呀狼，狼呀狼，

♪你在森林里嚎。

♪我听见你在嚎，嚎得让人胆战心惊，就为了守住你的猎物。

♪因为你无法入睡，

♪肚子空空，浑身冰冷。

♪狼呀狼，狼呀狼，

♪赶快离开这里。

♪你快走吧。

♪我的小宝贝，

♪最漂亮的小宝贝，

♪你不会得到她……

孩子怎么还不出来?
如果我死之前能看到一个新绿林首领，那就太好了。
我有一个孩子了!
你们听见了吗?
好哇，好哇，好哇!
是男孩还是女孩?

一个绿林女儿，好极了！

对对！

她来啦！

我的绿林兄弟！

你们什么时候看见过这么漂亮的孩子！

让我抱一抱好吗?

这就是你盼望已久的新绿林首领。

别把她摔了!

哈哈……她很轻呀。

你以为她能有多重?

难道她是一个满脸大胡子的绿林首领吗?

她叫什么名字?	罗妮娅。

我早就把名字取好了。

不过,如果是个男孩怎么办?

如果我做了决定,那我就一定能生个罗妮娅。

啊,孩子!

你的小手已经紧紧抓住我的心了。

这回可要气死波尔卡了。

他坐在自己倒霉的强盗窝里,会嫉妒得咬牙切齿!

对对,他咬牙的声音会使波尔卡森林里所有的人面鹰身女妖和灰矮人都把耳朵捂起来!

现在马堤斯家族可以传宗接代了。

而波尔卡家族要断子绝孙了。

哈哈哈!

嘎！嘎！嘎！

嘎！嘎！嘎！嘎！

天哪，这雷打起来没完没了！

声音这么大，我敢保证雷把什么东西劈开了。

天亮后。

马堤斯城堡被雷从中间劈开了!

好深的大裂缝,像怪兽一样张着大嘴!

算了,这回我们用不着为地下室里的东西操心了。

你们还记得吗?斯卡洛·帕尔有一次在里面迷了路,转了四天也没有走回来!

我原本只是想看一看马堤斯城堡到底有多大,便走呀走……

但它太大了,我迷路了!

等我找回石头大厅时,差点儿把命丢了。

我们从来没有用过整个城堡，只住在大厅、厢房和塔楼里。
马堤斯！
真不巧，厕所在城堡的另一半！
憋着吧，帕尔叶，直到新厕所建成。
难受死了！
哈哈哈！

第二章
初识森林

他们来了。

两辆车。

没有保镖，很容易得手。

等我的信号。

马堤斯！

怎么回事？

粥做好了。

算了……

我们回家吧!

怎么……

咚,咚!

罗妮娅……

罗妮娅，你在哪儿？喂，喂？

别藏了，快出来吧。

太阳还这么高，你们就回来了。

别说你错过了机会，你就是想回家给女儿喂粥！

罗妮娅，你在哪儿？

啊，啊……

哎呀，我的好罗妮娅，我的小鸽子！

张嘴，啊……

像这样嚼。快嚼。

马堤斯，瞧你那熊样儿……

怎么不吃……

呜呜呜呜！

你们把我的小鸽子吓哭了！

看来你喂的方法不对。

呜呜呜!

马堤斯,你别吓唬她。

马堤斯,谁能相信你就是深山密林中不可一世的首领呢!如果波尔卡看到这个场景就好了。

他会笑得尿裤子。

我会教训他,让他把尿裤子的毛病改掉!

当天晚上。

罗妮娅,到我这里来!

我很难想象,世界上还会有比你爬得更好的孩子吗?

你们每天待在家里,是想让波尔卡把通过马堤斯森林的东西都据为己有吗?

每个孩子都会……

我们家已经有无数金银财宝了!

看,在这儿!

哎呀。

罗妮娅,你像小天使一样美,柔软的身体,黑眼睛,黑头发。

你们说呢,绿林兄弟?她漂亮吗?

你们从来没有见过这么好看的孩子吧!她让整个城堡充满生机,对不对?

对对!

她太漂亮了!

罗妮娅!

爸爸!

哈哈哈!

日月如梭。

那个好奇地在石头大厅爬来爬去的小孩儿,突然就长大了。

你说得完全正确。

♪ 嗨呀,嗨呀。♪

♪ 嗨呀!

早上好,斯卡洛·帕尔!

早上好,罗妮娅!

早上好,尤迪斯,杜列,帕尔叶!

早上好!

好啦,吃早饭!

喂……

什么事?

我们的孩子要学会怎样在马堤斯森林里生存。该把她放出去了。

你总算明白了。按我的想法，早就应该这样做了。

好。

罗妮娅！

看这个！母鸡今天下了这么多蛋！

我要跟你说一件事。

这个给你，请拿着。

谢谢妈妈！

好啦，你去吧！

爸爸，我来啦。

罗妮娅。

森林里有人面鹰身女妖、灰矮人和波尔卡强盗，你要处处小心！

我怎么知道谁是人面鹰身女妖、灰矮人和波尔卡强盗呢？

你会分辨出来的。

那好吧。

你还要注意别在森林里迷路。

如果我迷路了怎么办？

寻找正确的路。

好，我知道了。

注意别掉进河里!

万一我掉进去了怎么办?

游上岸。

好,我知道了。

你还要注意,别掉进大裂缝。

假如我掉进去了呢?

那你就别想活了。

放心，我绝对不会掉进大裂缝。还有别的吗？

有还是有的。

你慢慢都会发现。去吧。

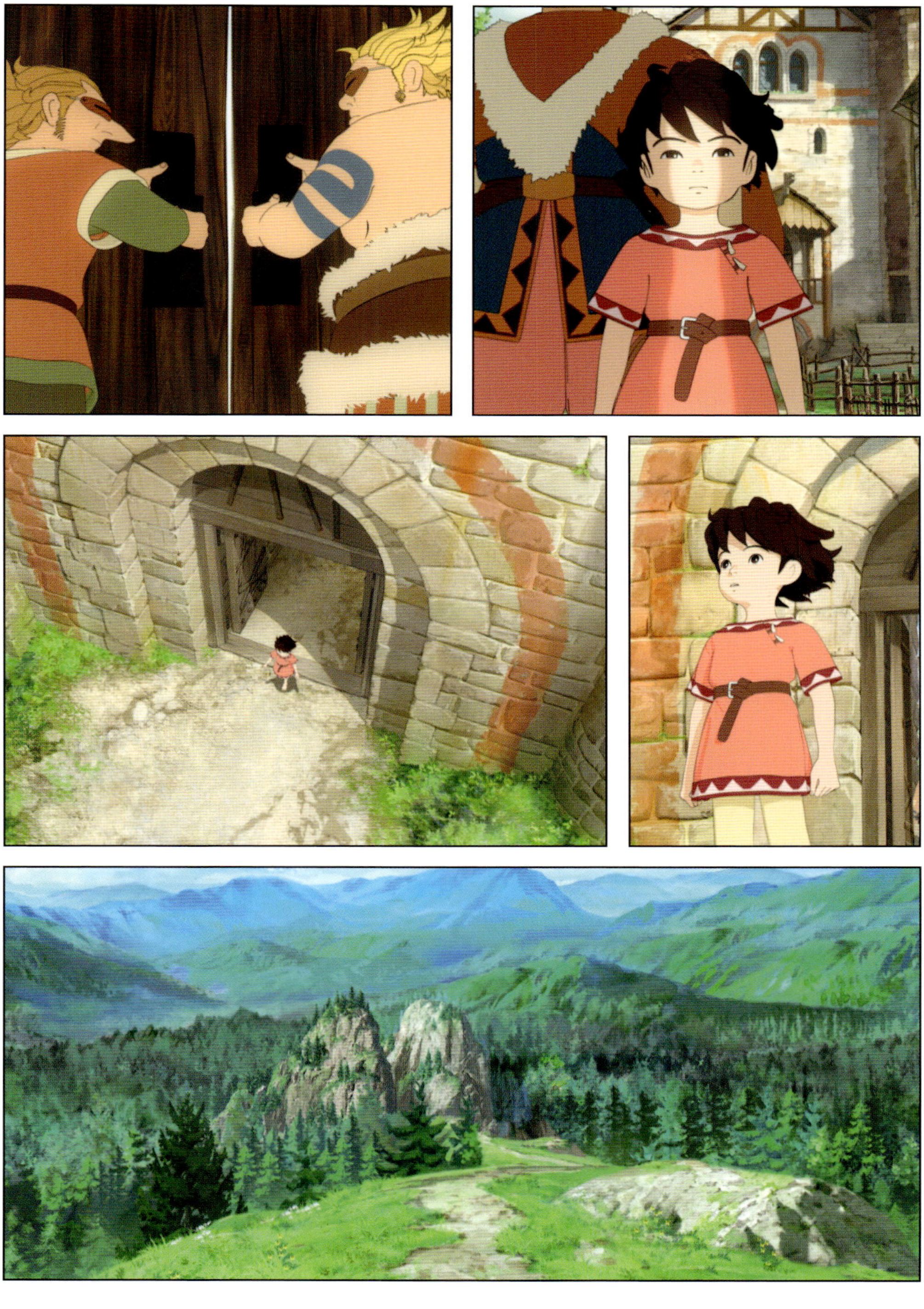

太阳下山之前一定要回到家!

我保证!

罗妮娅,你要去哪里?

我总算可以去马堤斯森林里了!

真好!

啊啊啊啊!

第三章
灰矮人

罗妮娅就这样走进森林。她马上明白了自己过去是多么无知，她怎么会相信家里的石头大厅就是整个世界呢？

巍峨的马堤斯山也不是整个世界，整个世界大得无法想象。

好啦！

爸爸说过，最远只能走到小湖边。

你们好！

好香，好香……

哈哈哈！

当天晚上。

今天满载而归了吗?

是的。你们看到过罗妮娅吗?

看到了,马堤斯!

什么时候见到的?

今天早晨。她蹦蹦跳跳的,高兴得像一只小鸟。

怎么回事?罗妮娅到现在还没有回家……

马堤斯，当一个人漫无目的地在外面走来走去，很难做到准时！

别担心，她很快就会回来的。

当然，有很多人心里会不安……

罗妮娅睡眼惺忪地从草地上醒来。

哎呀，我该回家了！

哎呀，我忘记拿皮包了！

嗷嗷！

世界比我原来想的大多了！

但是……

所有灰矮人……

这里有人类……

咬她,打她!

人类进入了灰矮人的森林……

你们想干什么?别动我!

所有灰矮人……

这里有人类……

人类进入了灰矮人的森林……

咬她,打她!

你们快闭嘴!

所有灰矮人……

这里有人类……

人类进入了灰矮人的森林……

咬她,打她!

別乱叫！

哎呀哎呀……

快滚开！

讨厌……

哇哇哇哇……

罗妮娅……

快滚开,不然我让你们好看!

灰矮人,滚开!快滚开!

爸爸!

罗妮娅,我的好罗妮娅,这回你知道什么是灰矮人了吧。

你说得对,我现在很清楚灰矮人是什么了。

不过你还不知道怎么对付它们。

如果你很害怕，它们就算在远方，也能感受到。那你就危险了。

有道理，在马堤斯森林里，最安全的办法就是变勇敢。

我跟你说的话都记住了吗？

知道了……

记住了……

一切都记住了。

特别注意，别掉进河里！

啊，明白了！

勇敢、无畏！

哈哈哈！

哈哈哈哈！

随后几天里，罗妮娅想方设法地进行锻炼，让自己变勇敢。

罗妮娅锻炼出的警惕性和勇敢程度，大大超过马堤斯和洛维丝的预料。她像一只矫健的小动物，敏捷，强壮，无所畏惧。

第四章
谁在吹口哨

她不再害怕灰矮人、人面鹰身女妖，她不会在森林里迷路，不会掉进河里。

但她还没有练习过，怎样才能保证不掉进大裂缝里。总有一天，她会去那里锻炼。

日月如梭，她的生活过得幸福、快乐！

哇哇哇哇！

你们好！欢迎回来！

你好，罗妮娅！我们今天可狼狈了。我们遇到官兵，不过还好，我们把他们吓跑了。

为什么官兵要阻碍你们的行动？

啊，你知道……

罗妮娅，你知道雨是从哪里来的吗？

为什么人面鹰身女妖要驱赶我们？

这个……我从来没有想过。这个世界不是有些东西自然就存在嘛。

大概和天要下雨一样，人面鹰身女妖本来就这样。

而我们也只能跟官兵周旋,没办法,只能这样。

啊,是这样。

你真愚蠢,福尤索克!

当天晚上。

如果波尔卡不是一个大恶棍,我都有些同情他。

为什么?

官兵正在波尔卡森林里追捕他,他没有一刻能安宁。

官兵很快就会把他赶出老窝。对对,他是一个坏蛋,没什么值得同情。

我连一个波尔卡强盗也没有看见过。

你应该感到庆幸!

对,波尔卡是一只老狐狸!

真庆幸我诞生在马堤斯绿林家族,而不是波尔卡强盗家族!

说得好,罗妮娅!

罗妮娅,我们愿意为你上刀山、下火海!

我们在安全的马堤斯城堡，就像狐狸藏在窝里，老雕站在峭壁上。如果有官兵胆敢来找麻烦，我们就让他们栽跟头！

对，让他们见识我们的厉害！

啧啧啧！

西边、北边和东边都是悬崖峭壁！

就算他们爬过那条羊肠小道，也会被拦在野狼关。

轰隆!

咔咔!

有人来进攻我们的时候，就放滚木礌石对付他们!

怎么样，不错吧!

哎呀，痛痛痛!

怎么回事，斯卡洛·帕尔?

啊……我这辈子打死过很多只狼，但现在，我老了，只能捏死身上的虱子。

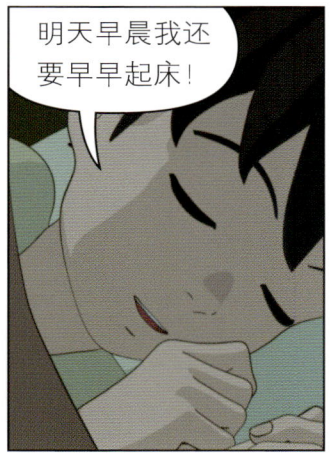

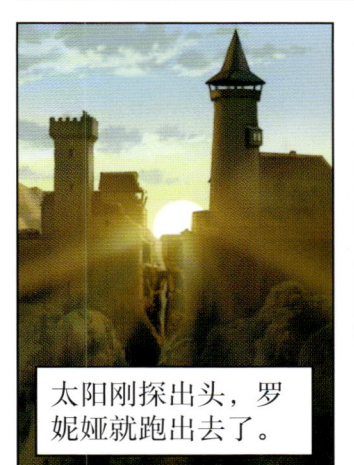

好啦，罗妮娅，该睡觉去了。

大家晚安。

明天早晨我还要早早起床！

太阳刚探出头，罗妮娅就跑出去了。

你是电闪雷鸣之夜出生的孩子，也是女妖乱舞之夜出生的孩子。这样的孩子很容易被女妖抓走。

多加小心，别让它们把你抓走！

我保证不会！

	别打扰我,灰矮人!快滚开!
有人类……	

呜呜呜呜……	哈哈哈哈!

哇哇!	啊,别这样,人面鹰身女妖……

漂亮的小人儿,我要把你挠得头破血流!

哇哇!

真讨厌!

再见吧!

那个漂亮的小人儿去哪里了?

扑通!

我一定要把你挠得头破血流!

你快出来,你快出来,出来我就把你撕碎!

我不能在森林里久留了。

可是离天黑还有好几小时呀。

我知道了!

不知道罗妮娅现在正干什么。

谁也不清楚罗妮娅。

哈哈哈哈……

特别要小心,别掉进大裂缝!

说得对。不过我还没练习过,怎样才能不掉进去!

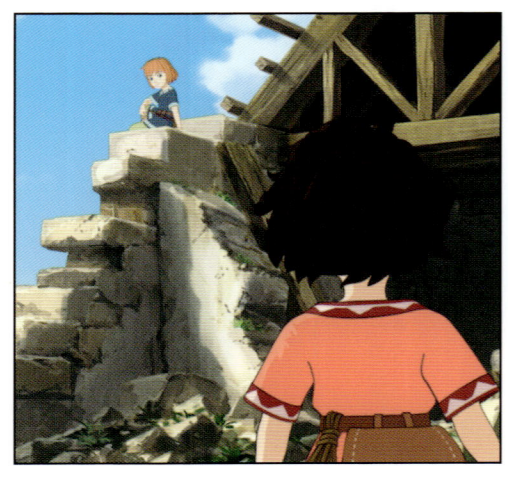

我就在这儿一跳……

谁呀?

突然,罗妮娅听到一阵口哨声。

我知道你是谁。你就是那个在森林里跑来跑去的绿林女儿。我看见过你。

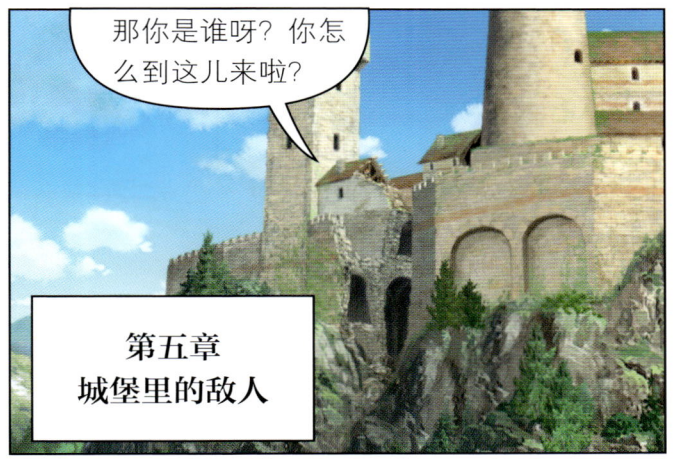

那你是谁呀？你怎么到这儿来啦？

**第五章
城堡里的敌人**

我叫毕尔克·波尔卡松……

我住在这里，我们是夜里刚搬过来的。

"我们"是谁呀？

我的爸妈波尔卡、温迪斯，我和我们十二位绿林兄弟。

你是说整个北城堡里都住满了坏蛋？

才不是呢！这里面住的是体面的波尔卡绿林兄弟。我听说你那边才住着一群坏蛋。

你在瞎说什么？

另外,这里不叫北城堡了,它从今天夜里起,改名为波尔卡山寨!

别高兴得太早!我爸爸知道后,会把波尔卡强盗打得屁滚尿流!

哈哈!那只不过是你的痴心妄想罢了。

你要是敢过来,我就把你的鼻子拧下来!

哈哈哈!

有胆量你也跳过去!

跳就跳！

看来你也没有那么笨嘛。

你不是要拧我的鼻子吗?怎么不拧呢?

我要过去了!

小心点儿,我来了!

咚！

没有毕尔克，也没有跳来跳去这件事！

我多么希望没有这一天……

哎哟！

站稳，别动！

眼下也只能站在这儿了。

把这根皮绳套在你身上。

套好后，你就往上爬。

我喊一声,你就爬!我不喊,你别爬!

好,开始吧!

快点儿爬,我都快被勒成两半了……

就像现在的马堤斯城堡!

怎么回事?

啊,原来你躺在这里。

对,我躺在这儿。现在你总算跳够了吧?!

对，不过我还得再跳一次，好回波尔卡山寨呀。

先把我的皮绳解下来……

我可不想无缘无故地继续和你拴在一起。

还给你。不过以后，一根无形的绳子可能就把我拴在你身上了。

够了，你和你的波尔卡山寨都滚吧！

我再劝你一次，请你不要这样。

不过你心地善良，救了我，谢谢你。

快滚吧!我已经说过了!

喂,绿林女儿,我们还会再见面的!

我希望你再掉下去一次,坏蛋!

当天晚上。

我的好罗妮娅,以后可不能再惹我生气了!

偶尔说一两句瞎话,还挺逗人的,但是像这类瞎话,万万不能说。

为什么?

马堤斯城堡住进了波尔卡强盗……我的肺都要气炸了,尽管我知道这不是真的!

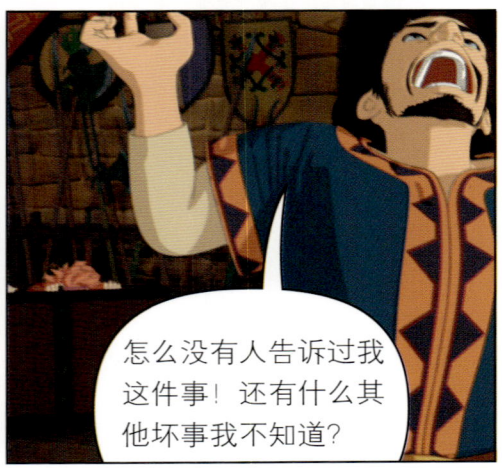

谁说瞎话了？他们昨天夜里已经搬进去了，波尔卡、温迪斯和……

你在说谎！波尔卡没有后代。我听说他这辈子也不会有。

不过他已经有了一个男孩子。

我听说那个男孩子和罗妮娅是在同一天夜里出生的。

温迪斯是在那个可怕的电闪雷鸣之夜生的男孩子……

怎么没有人告诉过我这件事！还有什么其他坏事我不知道？

那个狗崽子说，他爸爸和他那帮强盗团伙都搬进了北城堡，对吗？

对，现在那里叫波尔卡山寨，他还叫我好好记住。

啊啊啊啊！

真是气死人！

天哪！

摔吧，这里还有。摔完自己打扫卫生。

我们这里本来很安全，就像狐狸藏在窝里，老雕站在峭壁上。

天哪，天哪，天哪！

别再闹了。如果你的皮袄长了虱子，你躺在地上哭有什么用。

过一会儿后。

波尔卡强盗已经站稳了脚跟，怎么样才能把他们赶出去呢？

先要搞清楚的是，他们是怎样进入北城堡的。

野狼关日夜有人把守，谁也过不去。

是从天上飞来的?

怎么可能?

难道是挖地道?

不可能。

那他们是怎么进去的?

肯定是从北边，北边我们没有设防。

那里没有通往城堡的路，只有一座峭壁。

难道他们会像苍蝇一样飞来飞去？

早知道，我应该问一问毕尔克，波尔卡的人马是怎么进入北城堡的。

罗妮娅，该去睡觉了。

从今晚开始，我们在屋顶上也设岗哨，你们听见了吗？

听见了，马堤斯，谁也别想从我们眼前溜过去。

波尔卡强盗贪得无厌！

他很有可能像一头野牛跃过大裂缝，把我们都赶出马堤斯城堡。

我要上床去，不是为了睡觉，而是为了思考和诅咒。

罗妮娅整个晚上都无法入眠。

我总算遇到了一个同龄人……

可为什么他是一个讨厌的波尔卡小强盗呢?

第六章
贪婪的波尔卡

快醒醒，谢格！

我没睡着，只是闭着眼。

怎么回事？

听着，那边来了很多人！

马堤斯!

波尔卡站在大裂缝另一边,说要尽快跟你谈话!

好啊,波尔卡竟然要跟我谈话!这次让他先讲……

以后他就再也不用开口了!

这么早就吵吵嚷嚷的,有什么事?

你们赶快喝粥,然后和我抓住那头野牛的犄角,把他扔进大裂缝里!

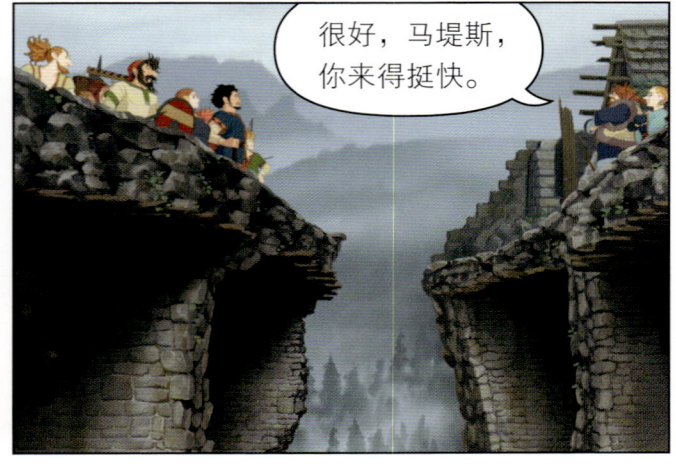

几分钟后。

波尔卡就是这个样子。

不漂亮，也不高大，跟我爸爸一样。

嘿嘿！

讨厌！

很好，马堤斯，你来得挺快。

我本应该来得更早一点儿，但有一件事我必须先做好。早晨我作了一首诗……

名字叫《悼念一位波尔卡强盗的哀歌》。

哈哈哈哈！

哈哈哈哈！

哈哈哈哈！

温迪斯成了寡妇的时候，可以从这首诗里得到一点儿安慰！

真是一群无赖。事情跟我想的一样，跟马堤斯根本没有商量的可能性。

你应该想想，怎么安慰洛维丝……

哈哈哈哈！ 哈哈哈哈哈！

她整天要耐着性子听你吹牛皮！

听我说，马堤斯，我们不能再住在波尔卡森林了。

官兵不停地在那里搜捕，我的妻子、孩子和绿林兄弟总得有个安身之处。

事情可能是这样。不过你不声不响地就抢了一个住处，任何一个有家教的人都不会这样做！

从一个强盗嘴里，竟讲出这样动听的话。你拿人家东西的时候问过谁？

爸爸，你不问就拿别人家的东西？

这个……

废话少说。我想知道你们是怎么进入北城堡的，知道以后，我们从原路把你们赶出去。

啊，我们有这位小将……

他带着一根结实的绳子，爬上最艰险的峭壁。

好啦，现在上来吧！

就我所知，北边没有门。

这个城堡里的事你知道得确实不多，尽管你一辈子都住在这里。

什么？

你总还记得，你小时候那里有一个猪圈？我们经常在那儿捉老鼠。猪圈有一个小门。

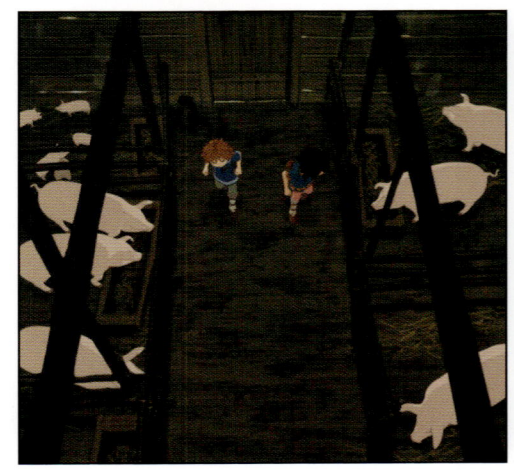

我过去一点儿都不知道，我们属于不同的家族。你大概也不知道吧？

你看，那边跑过来一只老鼠，抓住它！

哼！

啊！

救命！

你爸爸狠狠地打了我一耳光，我觉得脑袋都要被打掉了。

啊，我爸爸打得好！他在哪儿碰上波尔卡家族的人，都不会放过。

这个耳光让我懂得了，所有马堤斯家族的人都是我的死敌。

现在有两条路，一条是给被打死的波尔卡强盗唱挽歌……

另一条是你和你的一伙人顺原路离开马堤斯城堡……

请准备！

抄家伙！

波尔卡，你们大概不想在大裂缝旁边和他们交手吧？

那样会两败俱伤！

这次就算了,不过你是一头野牛,总有一天……

我会抓住你的犄角,把你扔到大裂缝里!

算你知好歹!

哎呀……

爸爸,你没问就拿了人家什么东西?

"你要是抓住那头野牛犄角,把它扔到大裂缝里,一定会扑通一声……"

"快喝你的粥,如果你还嚼得动。野牛的事留给我处置。"

扑通!

哈哈,真爽快!

哎呀……冷死我了!

赶紧把衣服拧干!

这时候应该跑一跑,让身体暖和起来!

你好,绿林女儿!

嘿嘿!

在马堤斯城堡里不能安宁,连在森林里都不行!

第七章
地下的歌声

你很忙吗,绿林女儿?

我忙不忙关你什么事?

不对,我最好尾随这个坏蛋,看看他在我的森林里干什么。

你想干什么，
绿林女儿？

"我不许你动我的小狐狸。离开我的森林!"

"你的小狐狸,你的森林?小狐狸属于它们自己,这一点你懂吗?"

"我认识这个森林里的所有动物,用不着你来教训我!"

"那你就应该知道,这里也是人面鹰身女妖、灰矮人、小人熊和夜魅的森林!"

"它们都生活在狐狸的森林里!而这片森林也是狼、熊、麋鹿和野马的森林。"

"请讲一点儿新鲜的东西,你知道而我不知道的东西。不然你就闭嘴!"

此外，它也是我的森林，你的森林，绿林女儿！

但是，如果你想独占马堤斯森林，那你就比我想象得要愚蠢多了。

我愿意和狐狸、狼、野马共有森林，但是不想和你共有！

罗妮娅！

罗妮娅!

你想干吗?

这雾让我有些害怕。

你的心比石头还要硬,绿林女儿。

你害怕找不到强盗窝了吧?那你就跟狐狸一起住吧,你不是很喜欢狐狸吗?

你对马堤斯森林比我熟悉。我能拉着你的罩衣角一起走出森林吗?

接着!不过我建议你和我保持一皮绳长的距离!

照你说的办,绿林女儿。

我们迷路了吧?

你懂什么,石头就是路标。我们没有走错。

森林怎么变得这么奇怪。

毕尔克呢?

这时候,从迷雾中传来带有妖气的歌声……

那是一首歌,是一首奇妙的歌。

不能害怕,很快就到家了。

毕尔克?

来呀！

好……我来了。

罗妮娅！你要到哪儿去？

如果你被地魔的歌声引诱去，你就没命了！

放开我！

你不要做傻事，绿林女儿！

我说了，放开我！

好痛！

我说了，保持一皮绳长的距离。

咦，你被狐狸咬啦？

别问了。谢谢你，现在我可以自己走回波尔卡山寨了。

罗妮娅心里突然不再讨厌毕尔克了，她也不知道为什么。

快滚吧！

哼哼！

那天波尔卡说，你不问就拿别人家的东西，到底是什么东西？

让我想想……

很多很多！哎呀，太多了，我数给你听……

行啦，用不着你唠叨！

罗妮娅，你还是一个不大懂事的孩子，所以过去我对你讲得不多。

没有，你一个字也没有讲过，也不允许我们讲。

老人家，你最好去睡觉，好吗？

不，我不想错过这个机会，我想听一听。

就这样，马堤斯开始给罗妮娅解释，绿林是干什么的。

哎呀……

你们回家时带的大包小包的东西，都是从别人那里抢来的？

啊，对对……

但是抢人家的东西，人家不会生气吗？

他们大喊大叫，而且……

闭嘴，不然我就把你赶出去！

我的爸爸就是绿林首领，我爷爷和爷爷的爷爷都是，我相信你也会成为绿林首领，罗妮娅。

我？永远不会！我永远不想让别人又气又哭！

我只抢富人的东西，然后分给穷人。我一直这么做！

对！你曾经把一整袋面粉给过一位带着八个孩子的寡妇，你记得吗？

记得，我记得清清楚楚！

你的记性真好，马堤斯，不过十年来就那么一次。

老人家，如果你现在还不去睡觉，我知道谁能帮助你躺到床上！

在这儿瞎吵什么？

罗妮娅,该去睡觉了。

妈妈,我不在乎爸爸是不是绿林首领。

不管他做什么,都是我的爸爸。

而我,爱他……

但是第二天早晨醒来时,她一点儿也不记得地魔和诱人的歌声。

这天夜里,罗妮娅睡得很不安稳,做了很多梦……